AF186429

1

Fabrice Rebers

Überleben

Kurzthriller

Für Alle.

Kapitel Eins

In der Ferne war das Zirpen der Grillen in den Feldern zu hören. Aus dem Wald, unweit des kleinen Hauses, klang der Ruf einer Eule.

Rachel zog an ihrer Zigarette, während sie gleichzeitig die Arme vor ihre Brust verschränkte, um den Mantel noch fester an ihren Körper zu drücken. Der blaue Dunst verflog in der kalten Nachtluft und verflüchtigte sich zusammen mit dem eisigen Wind.

Rachel mochte diese Stille. Diese Ruhe. Weit weg von allen Menschen, die ihr so sehr auf die Nerven gingen. Es war eine bewusste Entscheidung sich ein Haus

irgendwo in der Pampa zu kaufen. Kein
Nachbar störte sie. Keine vorbeifahrenden
Autos erhellten in der Nacht mit ihren
Scheinwerfern die Straßen und verpeste-
ten die frische Luft.

Während der giftige Rauch ihrer Zigarette
ihre Lungen flutete und sie das leicht drü-
ckende Gefühl, dass er in ihnen auslöste,
genoss, beobachtete sie die Blätter der
Bäume, wie sie mit der Luft tanzten.

Mehr als das Zirpen, den Klang der Eule,
dass Rauschen der Blätter und ihr eigenes
Atmen war in dieser Nacht nicht zu hören.

Gerade als sie den letzten Zug nehmen
und die Zigarette ausdrücken wollte, hatte
sie das Gefühl ein Blitzen im Augenwinkel wahrzunehmen.

Sie hielt inne. Ein, zwei Sekunden vergingen. Nichts. Sie schaute nach oben, in die
erste Etage ihres Hauses, von wo das Blitzen zu kommen schien, doch da war
nichts. Aus den Fenstern, die zu ihrem
Schlafzimmer führten, kam nur Dunkel-
heit.

Innerlich schüttelte sie den Kopf und drückte die Zigarette aus. Ein schwaches Knirschen war zu hören, als die Glut erlosch.

Als sie sich umdrehte, um die Terrassentür nach innen aufzustoßen, lächelte sie. Sie liebte den Blick ins Innere ihres Wohnzimmers, in dem Kerzen brannten und es so in ein gemütliches Licht hüllte, in dem man sich wohlfühlen konnte.

Rachel zog ihren Mantel aus und ging in Richtung des Flures, um ihn aufzuhängen. „Zeit fürs Bett, Cat", sagte sie im Vorbeigehen zu ihrer Katze, die sich auf einem Kissen auf der Couch eingerollt hatte und bereits schlief. Besonders einfallsreich war der Name nicht, das wusste sie. Aber er hatte einen gewissen Touch. Jedenfalls redete sie es sich ein; vielleicht um ihre nicht vorhandene kreative Ader zu entschuldigen.

Sie blies die Kerzen aus, eine nach der anderen und der Geruch von verbranntem Wachs zog sich durch den Raum.

„Komm", sagte sie an Cat gerichtet. Mit

der flachen Hand klopfte sie sich gegen den Oberschenkel. Doch mehr als einen verschlafenen Blick erhielt sie nicht, ehe Cat den Kopf wieder auf das Kissen legte und die Augen schloss.

„Na fein, dann bleibst du ...", sie unterbrach sich. Cat richtete ruckartig den Kopf auf, stellte die Ohren spitz und riss die Augen auf. Ihr Blick fiel in Richtung der Treppe, die in die erste Etage führte.

Rachel drehte den Kopf. Doch da war nichts. Nur die Treppe, die im schwachen Schein des letzten Kerzenlichtes, nach oben in eine dunkle Höhle mündete.

Rachel verdrehte die Augen und warf ihrer Katze einen tadelnden Blick zu.

„Du sollst mich nicht so erschrecken", rügte sie und blies die letzte Kerze aus. Im Haus wurde es dunkel.

Kapitel Zwei

Es war das Geräusch eines Gegenstandes, dass über den Boden geschoben wurde, dass Rachel aus dem Schlaf holte. Langsam öffnete sie ihre Augen. Ihr erster Blick wanderte zu ihrem Wecker, der grün leuchtende Zahlen in den Raum warf und dem Schlafzimmer einen Hauch von Mystik gab.

01:32 Uhr. Mitten in der Nacht. Sie schlug die Decke ein Stück zur Seite und rieb sich mit der freigelegten Hand über die Augen. Noch einmal warf sie einen Blick auf den Wecker. An der Uhrzeit veränderte sich nichts. Dann ließ sie ihren Blick über das Bett schweifen. Cat war nicht da.

Dann erinnerte sie sich, dass Cat keine Anstalten gemacht hatte mitzukommen, als sie zu Bett gehen wollte.

Rachel drehte sich zur anderen Seite, schloss die Augen und schlief in wenigen Sekunden wieder ein.

Ruckartig wurde Rachel aus dem Schlaf gerissen. Das grün schimmernde Licht des Weckers legte einen Schleier über die Oberflächen der Gegenstände. Rachels Blick war starr gegen die Decke gerichtet. Ihr Puls raste, ihre Atmung beschleunigte sich und ein merkwürdiges, kribbelndes Gefühl durchzog ihren Körper. Instinktiv wollte sie die Decke zur Seite schlagen und aufstehen, doch sie konnte sich nicht bewegen.

Angst erfüllte sie. Ihr Herz schlug immer schneller. Schweißperlen bildeten sich auf ihrer Stirn. Im Augenwinkel sah sie etwas Schwarzes, dass an der Tür zu stehen schien. Rachel wollte ihren Kopf heben, doch eine unsichtbare Macht schien ihn auf das Kopfkissen zu drücken.

Sie atmete immer schneller. Ihr Blut

schoss in Rekordgeschwindigkeit durch den Körper, während sie sich von diesem Schwarz an der Tür beobachtet fühlte. Rachel wollte etwas sagen, doch mehr als ein karges Brummen verließ ihren Mund nicht. Mit aller Kraft, die sie in der Lage war aufzubringen, versuchte sie ihre Arme und Beine zu bewegen, doch es half nichts. Es war, als wären ihre Gliedmaßen am Bett fixiert. Nicht durch eine Schnalle. Eher durch Beton. Sie waren schwer. Zu schwer, um sie zu heben.

Nur ihre Augen bewegten sich durch den Raum und suchten verzweifelt nach einem Ausweg. Dann bemerkte sie, wie der schwarze Schatten, der eben noch an der Tür stand, auf sie zukam. Langsam. Sehr langsam, aber gleichmäßig, tastete sich dieses schwarze Etwas an sie heran. Die Angst in Rachels Körper veränderte sich allmählich in Panik. Sie war gefangen in ihrem eigenen Körper und sie wusste nicht warum.

Sekunden vergingen, die ihr ewig vorkamen, in denen die schwarze Gestalt immer weiter auf sie zukam. Je näher sie kam, desto deutlicher nahm sie Gestalt eines Menschen an. Rachel hatte das Gefühl, ihre Aorta würde jeden Moment platzen, als würde sie es nicht mehr schaffen die Massen an Blut, die das Herz durch ihren Körper pumpen wollte, zu fassen.

Und dann stand dieses Wesen vor ihr. Es schien sie anzustarren. Ihr blieb nichts anderes übrig, als diesem Blick standzuhalten. Die Augen wollte sie nicht schließen. Sie konnte es einfach nicht. Zu groß war die Angst nicht zu wissen, was passierte. Plötzlich strömte Wärme durch ihren Körper. Das Kribbeln begann sich aufzulösen. Ihre Beine und Arme wurden leichter. Als sie bemerkte, dass ihre Augen brannten. Sie blinzelte sie kurz.

Die schwarze Gestalt war verschwunden.

Kapitel Drei

„E"s war … ich weiß nicht. Ich habe so etwas noch nie erlebt", sprach Rachel ins Telefon, dass sie sich zwischen ihr Ohr und die Schulter geklemmt hatte, während sie sich Milch in den Kaffee goss und mit der anderen Hand umrührte.

„Für mich klingt das sehr verdächtig nach einer Schlafparalyse. Nichts, worüber du dir Gedanken machen solltest, Rachel." Die Stimme ihres besten Freundes klang aus dem Lautsprecher des Telefons. *„Oder glaubst du wirklich, dass jemand bei dir war und dann einfach wieder verschwunden ist?"*

„Ach, ich habe keine Ahnung. Schön war

es jedenfalls nicht. Mein Herz hat noch nie so schnell geschlagen und auch sonst hatte ich noch nie eine solche Angst – nicht einmal, als vor Jahren dieser angebliche Serienmörder durch die Wälder zog und ich nach einer Party die Abkürzung durch den Stadtwald nahm", erklärte Rachel.

„Schlag es später einfach mal nach. Du wirst sehen, alles, was du beschreibst, wird auch in der Fachliteratur beschrieben,", versuchte ihr bester Freund sie weiter zu beruhigen.

„Klugscheißer mag niemand, Tony", lachte sie.

„Ich weiß. Ich komme damit klar." Auch Tony lachte kurz. „Rachel, ich muss los. Melde dich, wenn du was brauchst."

„Ja, mache ich. Danke. Wir hören uns heute Abend." Rachel drückte den roten Hörer auf der Tastatur ihres Telefons und legte es zur Seite. Sie nahm einen Schluck Kaffee, stellte die Tasse zur Seite und griff nach ihrem Mantel, den sie über einen Stuhl am Esstisch gelegt hatte.

Sie runzelte die Stirn, als sie in den Manteltaschen nach ihren Zigaretten griff, sie aber nicht finden konnte. *Hatte ich sie nicht in der Tasche gelassen?*, fragte sie sich und tastete den gesamten Mantel ab. Als ihr Blick durch die große Fensterfront nach draußen auf die Terrasse fiel, sah sie die Schachtel auf dem Tisch liegen. Daneben das Feuerzeug und den Aschenbecher. Wieder runzelte sie die Stirn. Sie war ziemlich sicher, dass sie ihre Zigaretten mit ins Haus genommen hatte und nicht liegen ließ.

Nach einem innerlichen Schulterzucken griff sie zur Kaffeetasse und öffnete die Terrassentür. Kalte Luft strömte hinein. Obwohl beinahe Frühling war, wollten die Temperaturen nicht ansteigen. Dass es in der Nacht nicht fror, war schon ein großer Fortschritt.

Sie nahm sich eine Zigarette aus der Schachtel, zündete sie an und zog genüsslich die Luft und den giftigen Rauch in ihre Lungen. Ihren Blick ließ sie über die weiten Felder schweifen. Im Sommer bauten die Bauern hier Getreide an, aber im Winter war so gut wie nie jemand unterwegs, um sich um die Felder zu kümmern. Und wenn, dann bekam Rachel es einfach nicht mit.

Abermals runzelte Rachel die Stirn, als sie in der Ferne etwas einfing, das aussah wie eine Vogelscheuche. Noch nie zuvor hatte sie eine Vogelscheuche auf einem der Felder gesehen. Einige hundert Meter von ihr entfernt schien jedoch eine zu stehen. Und obwohl Rachel sich nichts weiter dabei dachte, löste diese Vogelscheuche Unruhe in ihr aus. Sie nahm noch einen schnellen Zug, drückte die Zigarette dann aus und ging zurück in ihr Haus. Ihre Tasse Kaffee stellte sie auf den Esstisch, zog ihren Mantel aus und legte ihn wieder auf den Stuhl. Als sie sich wieder umdrehte und aus dem Fenster schaute, stockte sie. Dort, wo eben noch die Vogelscheuche stand, war nichts mehr. Nur ein weites Feld.

Kapitel Vier

Es war nach elf Uhr am Vormittag, als Rachel zu ihrem Handy griff und den Chat von Tony öffnete. *Ich kann mich nicht auf die Arbeit konzentrieren. Irgendetwas ist hier komisch*, schrieb sie und schickte es ab. In der Hoffnung, Tony würde gleich antworten, starrte sie auf den Namen und wartete darauf, dass sich *zuletzt online heute um 10:42* in *online* veränderte.

Zwei Minuten vergingen, doch am Onlinestatus ihres besten Freundes änderte sich nichts. Sie legte das Handy zur Seite und schaute wieder auf den Bildschirm ihres Laptops. Sie war gerade dabei einen

Artikel über die aktuelle Wirtschaftslage der Stadt zu schreiben, brachte aber keinen anständigen Satz hervor. Ihr ging zu viel durch den Kopf. Angefangen bei der kuriosen Schlafparalyse.

Sie lehnte sich in ihrem Stuhl zurück und verschränkte die Arme vor der Brust, spannte ihren Oberkörper und die Arme an und streckte so ihre Muskeln. Dabei drehte sie den Kopf leicht zur Seite.

Komisch, dachte sie. Sie schob den Stuhl nach hinten Weg und ging in die Küche. Der Futternapf von Cat war unangerührt. Alles, was Rachel am Morgen hineingemacht hatte, war noch da. Cat hatte es nicht angerührt. Normalerweise tat Cat das, was Katzen immer taten: So tun, als hätten sie noch nie etwas zu essen bekommen.

Wo war Cat eigentlich? Rachel wurde plötzlich klar, dass sie Cat seit gestern Abend nicht mehr gesehen hatte. Die aufreibende Nacht und auch die plötzlich verschwundene Vogelscheuche hatten sie so aufgewühlt, dass es ihr gar nicht aufgefallen war.

„Cat!", rief sie in das Haus hinein. Nichts. „Komm her, Kleine." Doch im Haus war es vollkommen still. „Cat, wo bist du?", fragte sie noch einmal ins Haus hinein und durchlief das Wohnzimmer, die offene Küche und den Flur. Doch nirgends war die Katze zu sehen.

Rachel ging die Treppe nach oben in den ersten Stock des Hauses. Vielleicht war Cat doch in der Nacht zu ihr ins Schlafzimmer gekommen und war dort nun eingesperrt. Doch als sie oben angekommen war, stand die Tür des Schlafzimmers offen.

„Cat!", rief sie noch einmal. Mit ihrem Mund machte sie leichte Kussgeräusche, um sie anzulocken. Aber auch darauf reagierte die Katze nicht.

„Wo steckt dieses Vieh?", fluchte Rachel flüsternd zu sich selbst.

Cat war keine Freigängerkatze. Im Gegenteil. Sie machte nicht einmal Anstalten das Haus zu verlassen, wenn die Türen offenstanden. Weit weg konnte sie also nicht sein.

Jeden Raum lief sie ab, öffnete alle Türen, selbst die der Schränke, in denen sich Cat hin und wieder versteckte, doch nirgends war sie zu finden.

Langsam kehrte Sorge in Rachels Gedanken ein.

Ein Brummen holte sie zurück. Ihr Handy vibrierte. Schnell nahm sie alle Treppenstufen nach unten und erreichte ihr Handy gerade, als der Anruf aufhörte. Sie klickte auf *Zurückrufen* und wartete. Schon beim ersten Freizeichen nahm Tony ab.

„Was ist los?", fragte er direkt.

„Ich weiß es nicht. Hier gehen komische Dinge vor sich. Erst diese Schlafparalyse, von der ich immer noch nicht überzeugt bin, dann meine verlegten Zigaretten, diese komische Vogelscheuche und nun ist Cat verschwunden. Irgendwas stimmt hier einfach nicht."

Kapitel Fünf

Am anderen Ende der Leitung herrschte kurze Stille.

„Vielleicht ist Cat dir entwischt, als du eine Rauchen gegangen bist", sagte Tony dann.

„Nein. Cat verlässt das Haus nicht. Das weißt du."

Wieder sagte Tony nichts, aber Rachel konnte hören, wie er nachdachte.

„Hmm ..."

„Ja. Genau. Es ist komisch."

„Hör zu, ich stecke gerade noch auf der Arbeit fest und komme hier nicht so schnell weg. Aber sobald ich Schluss machen kann, komme ich zu dir und dann suchen wir gemeinsam

nach Cat. Einverstanden?„

„Ja. Bitte. Aber es geht mir nicht nur um Cat. Hier passieren komische Dinge."

„Vielleicht bist du einfach nur überarbeitet, Rachel„, versuchte Tony sie zu beruhigen.

„Ich schreibe zwei bis drei Artikel am Tag und recherchiere ein bisschen, telefoniere mit ein paar Leuten und das alles von zu Hause aus. Ich werde viel zu gut für das bezahlt, was ich hier mache. Überarbeitet bin ich bestimmt nicht. Ich bin doch nicht blöd. Diese Vogelscheuche stand noch nie auf dem Feld und dann war sie plötzlich wieder verschwunden. Weißt du, ich glaube dort stand jemand und hat mich beobachtet."

„Wieso sollte dich jemand beobachten?„

„Woher soll ich das wissen? Warum beobachten Menschen Menschen?"

„Ich komme, so schnell ich kann, okay? Mach dich nicht verrückt", sagte er, gab Rachel einen Telefonkuss und legte auf. Rachel atmete tief ein und stieß die Luft seufzend aus. „Na fein. Dann arbeite ich eben weiter."

Ein Schaben holte Rachel aus ihren Gedanken, die gerade in einem anderen Artikel steckte. Sie schaute sich um und hatte für einen kurzen Moment die Hoffnung Cat würde sich hier irgendwo herumtreiben. Doch sie konnte sie nirgends entdecken. Das Schaben unterbrach sich nicht, es war konstant. Rachel lauschte. Es schien von oben zu kommen.
Vorsichtig stand sie auf und versuchte das Geräusch zu fixieren, herauszufinden, von wo genau es kam. Doch mehr als die grobe Lokalisation *von Oben* konnte sie nicht herausfinden. Ihr Puls beschleunigte sich leicht und sie spürte, wie Adrenalin durch die Gefäße ihres Blutkreislaufs floss.
Langsam und auch ein bisschen ängstlich legte sie die rechte Hand auf den Anfang des Treppengeländers. Das Schaben wurde ein wenig deutlicher, aber von wo genau es kam konnte sie noch immer nicht sagen. Sie setzte ihren Fuß auf die erste Stufe. Vorsichtig, als würde sie in der ersten Etage etwas erwarten, nahm sie eine

Stufe nach der anderen. Je höher sie kam, desto deutlicher wurde das Schaben.

Die Hälfte der Treppen hatte Rachel hinter sich gelassen, als ein lauter Knall das Blut in ihren Adern gefrieren ließ. Aus dem Augenwinkel konnte sie sehen, wie die Schlafzimmertür mit einer enormen Wucht zugeschlagen wurde. Das Schaben hörte auf. Rachel war erstarrt und unwillkürlich schossen ihr Tränen in die Augen. Die erste Träne lief ihr die Wange hinunter, während ihr Blick immer noch auf den unteren Teil der Schlafzimmertür gerichtet war, den sie von der Treppe aus sehen konnte. Sie traute sich nicht, sich zu bewegen. Ihre Lippen formten einen dünnen Strich, so sehr presste sie sie aufeinander, im festen Willen keinen Laut von sich zu geben.

Jemand ist in meinem Haus, schoss es ihr in den Kopf.

Kapitel Sechs

In Bruchteilen von Sekunden schossen unzählige Gedanken durch Rachels Kopf. Ihre Synapsen drohten zu kollabieren, während sie fieberhaft darüber nachdachte, was sie tun sollte. Sie traute sich immer noch nicht sich zu bewegen.

Ein Gefühl forderte von ihr im Schlafzimmer nachzusehen, ein anderes befahl ihr so schnell wie möglich das Haus zu verlassen und wieder ein anderes wollte sie einfach nur an Ort und Stelle halten.

Sie warf einen Blick nach unten, ins Wohnzimmer. Durch einen kleinen Spalt, der ihr die Sicht hinein ermöglichte,

konnte sie ihr Handy sehen, dass auf dem
Tisch lag.

*Sonst nimmst du dein scheiß Handy auch
überall mit hin,* dachte sie und unterdrückte ein Stöhnen.

Was würde passieren, wenn sie sich bewegte? Eigentlich nichts, oder? Sie konnte
nicht einfach auf dieser Treppe stehen
bleiben und abwarten, was passieren
würde. Sie musste etwas tun.

Langsam setzte sie einen Fuß nach unten.
Dann den nächsten. Und den nächsten.
Bis sie endlich unten angekommen war.
Sie versuchte so leise und vorsichtig wie
möglich zu sein.

Sie schlich in Richtung des Wohnzimmers,
als sie bemerkte, dass das Terrassenfenster
gekippt war. Die Blätter in den Bäumen
ihres Gartens tanzten wild hin und her.
Erst jetzt nahm sie das Rauschen des Win-
des wahr.

Ihr Herzschlag verlangsamte sich. Konnte
es sein, dass sie auch im Schlafzimmer das
Fenster zum Lüften geöffnet hatte und ein
Durchzug für unterschiedliche

Druckverhältnisse sorgte, die dann die Tür zuknallen ließ? Dieser Gedanke beruhigte sie etwas, doch sicher konnte sie sich nicht sein.

Wer aber sollte in ihrem Haus sein und warum? Sinn ergab das alles nicht.

Diese schwarze Gestalt.

Die verlegten Zigaretten.

Die Vogelscheuche.

Cat, die verschwunden war.

Und nun eine knallende Tür.

Waren das alles nur Zufälle, die sich häuften?

Rachel atmete tief durch, ging zum Esstisch und schnappte sich ihr Handy. Dann zog sie die Schachtel mit ihren Zigaretten aus der Manteltasche und ging in Richtung der Terrassentür. Sie brauchte erstmal eine Beruhigungszigarette. Oder sollte sie doch im Schlafzimmer nachsehen?

Sie dachte ein paar Sekunden nach. Dann öffnete sie den Chat von Tony und wählte *Videoanruf*.

Es dauerte einen Moment bis Tony ran

ging.

„Was ist los?" Im Hintergrund waren Stimmen zu hören, die von einem geschäftigen Treiben zeugten.

„Erkläre ich dir später. Bleib einfach dran. Falls mir was passiert."

„Was sollte dir passieren? Langsam machst du mir wirklich Sorgen." Rachel antwortete ihm nicht mehr. Sie hielt das Handy in ihrer Hand und ging langsam in Richtung Treppe. Einen Fuß nach dem anderen setzte sie auf die Stufen. Es kam ihr wie eine Ewigkeit vor.

„Hier gehen merkwürdige Dinge vor sich, Tony. Ich werde es dir auch noch hundertmal sagen, wenn es nötig ist."

Tony schwieg. Das Flüstern Rachels hielt ihn aus unerfindlichen Gründen davon ab etwas zu sagen.

Mindestens eine Minute verging. Die Tür zum Schlafzimmer war geschlossen. Mit zitternder Hand griff sie zur Klinke und drückte sie hinunter.

Kapitel Sieben

Leises Quietschen begleitete das Herunterdrücken der Türklinke. Noch nie war Rachel aufgefallen, dass die Türklinke diese Geräusche machte, aber auch noch nie drückte sie sie so langsam hinunter wie jetzt.

Als sie spürte, dass sich der Schnapper aus der Falle löste, hielt sie einen Moment inne. Sollte sie die Tür langsam oder ruckartig öffnen? Wieso musste sie sich überhaupt solche Gedanken machen?

Sie entschied sich dafür, die Tür ein kleines Stück zu öffnen. Dann trat sie einen Schritt zurück und drückte die Tür schwungvoll auf. In diesem Moment schlug ihr Herz bis zum Hals, beruhigte sich aber sofort wieder, als sie sah, dass das Schlafzimmer vollkommen leer war. Die Vorhänge am Fenster wehten leicht im durchziehenden Wind.

Rachel war erleichtert, wusste gleichzeitig aber auch nicht, ob sie über sich selbst lachen oder weinen sollte.

„Rachel?", hörte sie Tony fragen. Sie hob das Handy hoch und schaute in die Kamera.

„Es ist nichts. Es ist nur … ich glaube, ich werde langsam paranoid. Ich war fest davon überzeugt, dass sich jemand im Haus befindet. Hier passieren mir gerade viel zu viele Zufälle, die alle nicht zueinander passen und so ein Puzzle ergeben, dass man zusammensetzen kann."

„Sehr philosophisch", meinte Tony und konnte ein Grinsen nicht unterdrücken.

„Ach sei still. Wann kommst du endlich?"

„Ich denke, dass ich in zwei, höchstens drei Stunden Schluss machen kann. Ich komme dann sofort zu dir."

„Versuch es in zwei, okay?" In Rachels

Stimme klang ein Hauch von Hoffnungs-
losigkeit mit.

„Ich versuche es", sagte Tony und lächelte.

Rachel beendete den Videoanruf. Verloren
stand sie im kleinen Flur der ersten Etage
ihres Hauses und wusste nichts mit sich
anzufangen. Sie konnte sich doch nicht alles einbilden, was sie seit gestern Abend
erlebt hatte. Oder war sie doch einfach
nur paranoid und malte sich Hirnge-
spinste aus, weil sie eine Schlafparalyse
hatte?

Jetzt brauche ich wirklich eine Zigarette,
dachte sie und ging die Treppe wieder
hinunter.

Sie griff nach der losen Zigarette, die sie
auf den Tisch gelegt hatte und schnappte
sich ihren Mantel. Der Laptop, der auf
dem Esstisch stand und der darauf wartete, endlich produktiv genutzt zu werden
war zugeklappt. Sie unterdrückte ein
Stirnrunzeln, denn sie war der Meinung,
dass sie den Laptop offen gelassen hatte,
wollte ihrer Paranoia aber keinen weiteren

Zündstoff geben.

„Ich werde ihn schon zugeklappt haben, wenn er zugeklappt dasteht", sagte sie zu sich selbst.

Auf der Terrasse zündete sie ihre Zigarette an und nahm einen tiefen Zug. Anders als sonst hielt sie für ein paar Sekunden die Luft an, damit das Nikotin Zeit hatte sich über die Bronchiolen einen Weg in den Blutkreislauf zu suchen, ehe sie den Rauch wieder ausstieß.

In diesem Moment verlor die rechte Hand ihre Kraft. Die Zigarette fiel zu Boden und die Glut verteilte sich in einem kleinen Radius um die Zigarette herum auf dem Boden.

Rachel begann zu zittern, als sie die Hand langsam ausstreckte und einen Zettel anhob, der auf dem Tisch lag.

Du bist nicht paranoid, stand in gekritzelten Buchstaben darauf.

Als sie ihren Blick hob, sah sie die Vogelscheuche.

Kapitel Acht

In panischer Angst stürmte Rachel in
ihr Haus, drückte die Terrassentür
zu und verschloss sie. Ein Urinstinkt
sorgte dafür, dass sie eine Weile starr vor
Angst am Fenster verharrte und ihren
Blick nicht von der Vogelscheuche wen-
den konnte. Regungslos stand sie da und
Rachel wurde bewusst, dass es keine Vogelscheuche war.

Dann, nachdem sie sich endlich lösen
konnte, tastete sie hastig nach ihrem
Handy in den Taschen ihres Mantels.
Doch dort war es nicht. Hektisch sah sie
sich um. Ein Gefühl sagte ihr, dass sie
diese Person, die sie beobachtete, nicht

aus den Augen lassen durfte. Immer wieder schaute sie aus dem Fenster, während sie nach ihrem Handy suchte.

„Ich hatte es doch gerade noch, verdammt,", fluchte sie.

Die Gestalt stand noch immer mitten auf dem Feld und bewegte sich nicht.

Minuten vergingen, in denen sie immer wieder aus dem Fenster schaute, um sicherzugehen, dass die Gestalt nicht näher kam. Doch ihr Handy fand sie nicht.

„Scheiße, man!" Gegen ihre Willen verließ sie die Fensterfront, von der aus sie die Gestalt im Auge behalten konnte und rannte in den Flur, um das Festnetztelefon zu holen. Sie wählte 911, doch sie bekam kein Freizeichen. Sie hörte nichts. Das Telefon war tot.

Fest umklammert hielt sie es in ihren Händen, als sie einen Blick nach draußen warf. Die Gestalt stand noch immer dort, wo sie die ganze Zeit über stand. Und dann fiel sie um. Wie eine Vogelscheuche, die nicht richtig im Boden verankert war.

Ein Schuss Adrenalin jagte durch ihre

Blutbahn und sie konnte regelrecht spüren, wie ihre Pupillen sich weiteten, um
mehr Licht aufnehmen zu können.

Es war eine Täuschung, wurde Rachel klar.

Es ist noch im Haus.

Rachel wurde klar, dass sie ihr Handy gar
nicht finden *konnte*. Die Person, die den
Zettel geschrieben hatte, war noch in ihrem Haus. Und das bereits die ganze Zeit.
Ihre Blicke wanderten durch das Haus. Sie
versuchte so ruhig wie möglich zu bleiben.

Sie brauchte etwas um sich zu verteidigen.
Doch in diesem Moment, in dieser Situa-
tion, mit dem Wissen, dass eine unbekannte Person in ihrem Haus darauf wartete, sie zu … ja, was eigentlich? Was
wollte diese Person? Sie töten? Einem Im-
puls folgend rannte sie so schnell sie
konnte in die Küche. Sie griff zum Messerblock und zog das größte Messer heraus,
dass sich darin befand.

Als sie so dastand, das Messer mit beiden
Händen umklammert, bemerkte sie die
leicht hin und her schwingende Klinge,

die das Zittern ihrer Hände übertrug. Und
für einen kurzen Augenblick fragte sie
sich, ob das alles real war, was gerade passierte, oder ob sie es sich alles nur einbil-
dete.

Blicklos wanderten ihre Augen hin und
her, während sie darüber nachdachte.

Aber dann wurde ihr klar, dass nun alles
einen Sinn ergab. Nicht nur diese Vogelscheuche oder die verlegten Zigaretten.
Das Blitzen, gestern Abend, war nur eines
von vielen, die sie in den letzten Monaten
hin und wieder glaubte gesehen zu haben.
Immer mehr Dinge fielen ihr ein, die komisch waren, nun aber einen Sinn erga-
ben. Die verrückten Bilder, der abgezo-
gene Stuhl, die fehlenden Lebensmittel.
Sie hatte sich nichts dabei gedacht. Es waren nur Kleinigkeiten, die man hätte ver-
gessen können …

Kapitel Neun

Konnte es wirklich sein, dass seit Wochen ein fremder Mensch in ihrem Haus war, ohne das sie es bemerkte? Hätte sie nicht viel früher etwas bemerken müssen, wenn dem so war? Wo hätte sich dieser Mensch auch verstecken können?

Der Dachboden, schoss es Rachel in den Kopf. Seit ihrem Einzug war sie nicht mehr dort oben gewesen. Sie nutzte ihn nicht und hatte nur die leeren Kartons dort gelagert. Seitdem existierte er für sie quasi nicht mehr.

Ob dieser fremde Mensch das gewusst

hatte?

Als würde es etwas bringen, schüttelte sie den Kopf, um ihre Gedanken abzuschütteln und wieder einen klaren Gedanken fassen zu können.

Sie musste hier raus. Das war das einzige Ziel. Wenn sie schnell war, konnte sie sich ihren Mantel greifen, den Autoschlüssel aus dem Schlüsselkasten holen und zu ihrem Auto rennen.

Nur zehn Sekunden. Länger sollte sie nicht brauchen.

Länger darüber nachzudenken hätte keinen Sinn gemacht. Mit dem Messer in der Hand rannte sie los und riss im Vorbeigehen den Mantel vom Stuhl. Er fiel um. Das Poltern des Holzes klang in Rachels Ohren wie das Bersten eines Porzellanregals. Ihr Körper wollte erstarren, doch sie wehrte sich dagegen und durchbrach den urinstinktlichen Reflex stehenzubleiben und zu lauschen. Mit großen Schritten rannte sie auf die Haustür zu. Sie legte eine Hand auf die Türklinke, mit der anderen Hand öffnete sie den Schlüsselkasten. Doch er war leer.

Eine Mischung aus Angst, Panik, Wut und Zorn trieb Rachel Tränen in die Augen.

Dieser Mensch musste ihn genommen haben. Damit sie ihn nicht bekam.

Rachel drückte die Klinke hinunter. Die Tür war verschlossen. Und sie hatte keinen Schlüssel, um sie zu öffnen. Tränen begannen sich ihren Weg zu suchen und rannten ihr die Wangen hinunter, als sie für einen kurzen Augenblick die Augen schloss.

Beinahe hätte der Gedanke aufzugeben, gewonnen. Sie öffnete ihre Augen wieder und drehte sich um. Der Flur war leer. Das Wohnzimmer und die Küche schienen ebenfalls leer zu sein.

Dieser Mensch musste sich oben befinden, hoffte sie. Der einzige Weg, der jetzt nach draußen führte, war durch die Terrassentür, in den Garten, um das Haus herum, zur Straße.

Wieder rannte sie los, immer noch das Messer und den Mantel in ihren Händen, doch als sie bei der Terrassentür ankam,

und den Griff herumdrehen wollte, bemerkte sie, dass der kleine Knopf, der die
Fenster abschloss, hineingedrückt war. Sie
musste ihn reflexartig betätigt haben, als
sie von der Terrasse zurück ins Haus
hechtete. Der Schlüssel dafür war an ihrem Bund. Und der Bund war bei diesem
Menschen.

Rachel schaute zu den Fenstern. In beiden
war der Knopf eingedrückt.

Sie war gefangen. Gefangen in ihrem eigenen Haus. Das Einschlagen der Fenster
hätte keinen Sinn gemacht. Das Glas war
bruchsicher, etwas, das ihr der Makler
ganz stolz erzählt hatte.

Sie war auf sich allein gestellt.

Wirre Gedanken tobten durch ihren Kopf.
Sie hatte bisher noch niemanden gesehen,
den einzigen Beweis, den sie für eine andere Person in ihrem Haus hatte, war der
Zettel und der verschwundene Schlüssel-
bund.

Dann wurden ihre Gedanken durch
Schritte auf der Treppe unterbrochen.

Kapitel Zehn

Einige Jahre zuvor ...

Dieses prachtvolle Haus war alles, was Rachel sich nur wünschen konnte. Sie hatte das Großstadtleben satt. Diese ganzen Menschen, der Verkehr, die Gereiztheit aller beteiligten in allen möglichen Situationen und nicht zuletzt der Stress, der nie enden wollte. Alle hechteten sie von einem Termin zum nächsten, takteten ihre Tage auf die Minute und gerieten in Panik, wenn etwas dazwischen kam.

Rachel wollte das nicht mehr. Sie wollte nicht nur ein Termin von vielen sein, wenn sie Gespräche führte, Unterhaltungen erlebte oder sich einfach nur mit Freunden verabreden wollte.

Im Laufe der letzten Jahre sind immer mehr Freundschaften in die Brüche gegangen. Rachel fing an sich zu beklagen, ihre Meinung zu äußern und nicht mehr so zu funktionieren, wie andere es wollten – bei ihren *Freunden* stieß das auf Unverständnis. Und die meisten davon gingen. Nur Tony blieb.

Er half ihr dabei sich von der Stadt zu lösen und suchte zusammen über Monate ein Haus, dass perfekt in die Vorstellungen von Rachel passte. Beinahe ein Jahr suchten die beiden. Und dann fanden sie es.

Ein kleines Haus, knappe einhundert Quadratmeter groß, auf zwei Etagen plus Dachboden, vier Zimmer, in einer ausgesprochen ländlichen Lage. Umgeben von Wäldern, Feldern und der reinsten Natur, wie sie die Welt zu bieten hatte. Von der Innenstadt aus fuhr man etwas mehr als dreißig Minuten. Je weiter man fuhr, desto weniger Zivilisation schien zu existieren, bis irgendwann gar keine Häuser mehr die Landschaft störten. Erst auf halber Strecke kamen kleine Siedlungen, in denen das ein oder andere Haus einen gelungenen Fleck Menschlichkeit bildete und dann kam lange wieder nichts. Man fuhr schmale Straßen, gerade ausreichend für ein Auto und bog in einen Wald ab, der keine Andeutungen hinterließ, dass sich am Ende des Feldweges dieses kleine, zauberhafte Einfamilienhaus zeigte.

Es dauerte keine fünf Minuten und Rachel hatte sich verliebt. In das Haus. In die Landschaft. In den Garten und in die Ruhe. Hier konnte sie schalten und walten wie sie es wollte. Niemand würde sich beklagen, wenn die Musik zu laut war, oder wenn sie auf einem Sonntag die Waschmaschine anstellte. Am Heiligen Abend könnte sie Rasenmähen, wenn ihr danach war. Nichts und niemand würde sie in ihrem Dasein stören.

Noch bevor sie alles gesehen hatte, machte sie dem Makler ein Angebot und ging bewusst ein paar tausend Dollar höher, als die Eigentümer dafür haben wollten. Rachel wollte dieses Haus unbedingt. Sie konnte es sich leisten und hatte nicht vor, sich *ihr* Haus von einem anderen vor der Nase wegschnappen zu lassen.

Noch am selben Tag erhielt sie den Zuschlag. Das Geld wurde überwiesen, sehr zur Freude der ehemaligen Eigentümer und schon am nächsten Tag begann Rachel mit dem Umzug.

Von Woche zu Woche merkte sie, wie es ihr besser ging und der ganze großstädtische Ballast von ihr abfiel. Mit jedem Tag, der verging, wurde sie glücklicher.

Sie war so zufrieden mit sich und der Welt, dass ihr nicht auffiel, dass sie die Terrassentür offenließ, als sie eines Abends zu Tony fuhr. Vielleicht dachte sie sich aber auch einfach nichts dabei …

Kapitel Elf

Es war ein lauer Sommerabend irgendwann Mitte August. Tony und Rachel saßen auf der Terrasse und beobachteten die Sonne, wie sie langsam, aber sicher, hinter dem Horizont verschwand.

„Ich habe Lust auf Wein", sagte Tony plötzlich und unterbrach die Stille. „Ich finde, man sollte Wein trinken, wenn man sich den Sonnenuntergang anschaut." Rachel lachte.

„Von mir aus. Du weißt ja, wo du meinen Wein findest." Tony stand lächelnd auf.

„Möchtest du auch ein Glas?", fragte er, während er schon im Haus war.

„Ja, warum nicht?" Rachel griff nach ihrer Zigarettenschachtel, nahm sich eine heraus und zündete sie an. Sie liebte Abende wie diesen. Obwohl sie bereits einige Jahre in diesem Haus lebte, genoss sie die Ruhe immer noch. Mehr als das weiche Zirpen der Grillen am Abend und das liebliche Zwitschern der Vögel am Morgen, brauchte sie nicht.

„Dein Wein scheint leer zu sein", rief Tony aus der Küche hinaus auf die Terrasse.

Rachel verdrehte die Augen. „Nein, dass kann nicht sein. Du guckst nur nicht richtig. Eine Flasche muss noch da sein. Ich trinke allein doch nichts."

„Aber hier ist kein Wein." In seiner Stimme konnte Rachel das Schulterzucken förmlich hören.

„Männer …", murmelte sie und stand auf. „Wenn ich jetzt eine Falsche finde, spendierst du mir die nächste." Rachel ging ins Haus. Tony stand am Schrank, den Rachel zu einem kleinen Weinregal umfunktioniert hatte.

Er war leer.

„Okay, das ist komisch. Ich hätte schwören können, dass noch eine Falsche dagewesen war."

„Also kein Wein", sagte Tony enttäuscht.

„Du wirst es überleben." Rachel tätschelte theatralisch seine Schulter.

„Nein, du bekommst meinen Artikel im Laufe der Woche." Rachel klemmte sich das Telefon zwischen Schulter und Ohr, während sie die zwei Papiertüten aus dem Kofferraum hievte und zur Haustür ging. „Ganz einfach: Weil ich mich nicht irre mache. Du weißt ebenso gut wie ich, dass es keine Rolle spielt, ob der Artikel heute, morgen oder nächste Woche erscheint ... Ja, bis später." Rachel verdrehte die Augen. Die Papiertüten mit ihrem Einkauf stellte sie an der Tür ab, nahm ihr Telefon in die Hand, steckte es in die Tasche und kramte nach ihrem Schlüssel. Als sie ihn fand, ihn ins Schloss steckte und drehte, sprang die Tür sofort auf. Rachel stockte einen Moment.

Habe ich die Tür nicht zweimal

abgeschlossen? Doch sie dachte sich nichts weiter dabei. Sie ging hinein und stellte die Einkäufe in die Küche. Als sie sich umdrehte, um die Haustür zu schließen, sprang sie gerade ins Schloss.
Der Durchzug, dein Freund und Helfer, dachte sie und bemerkte den schwachen Schatten nicht, der im Glas der Haustür immer kleiner wurde.

Rachel räumte gerade das Geschirr in die Spülmaschine, als ihr Telefon klingelte. Es war das Festnetztelefon. Das war ungewöhnlich. Wer rief heute noch auf dem Festnetz an, wenn man über das Handy zu jeder Zeit an jedem Ort erreichbar war? Sie ging in den Flur, nahm das Telefon von der Station und drückte auf die grün leuchtende Taste.
„Hallo?"
Duut, Duut, Duut. Es wurde aufgelegt.

Kapitel Zwölf

Heute ...

Jeder Schritt, der auf eine Treppenstufe aufsetzte, donnerte in Rachels Kopf, als würde ein Elefant langsam hinunterkommen. Als hätte dieser Mensch alle Zeit der Welt nahm er jede Stufe unglaublich langsam. Aber Rachel wusste, dass er es nur tat, um sie mürbe zu machen. Sie kämpfte dagegen an. Sie kämpfte gegen den Instinkt zu erstarren, sich tot zu stellen und auch gegen den Reflex zu fliehen.

Sie wusste ohnehin nicht wohin.

Die Vibrationen ihrer zitternden Hände

ließen die lange Klinge des scharfen Messers hin und her pendeln. Ihr Herz schlug ihr bis zum Hals und das Kontrollieren ihrer Atmung fiel ihr von Sekunde zu Sekunde immer schwerer.

Und dann erreichte der Mensch einen Teil der Treppe, der es Rachel ermöglichte seine Füße zu sehen. Als würde der Unbekannte genau das wissen, blieb er stehen. Er setzte den zweiten Fuß auf dieselbe Stufe, wie den ersten und verweilte. Eine Sekunde. Zwei Sekunden. Drei Sekunden. Rachel fixierte die Füße.

Dann setzte er den rechten Fuß auf die nächste Stufe. Den linken auf die übernächste. Der Unbekannte trug eine schwarze Hose und schwarze Schuhe. Noch eine Stufe tiefer.

Rachels Griff wurde stärker. Die Fingerknöchel verfärbten sich rot, so heftig klammerte sie sich an das einzige, was ihr Leben retten konnte, wenn es nötig war. Noch eine Stufe. Und noch eine Stufe. Es fehlten nicht mehr viele, dann war er unten angekommen.

Rachel sah seine linke Hand. Sie hin einfach nur herunter und es wirkte, als würde sie nicht zum Rest des Körpers gehören. Auch das Hemd – oder ein Pullover? – war schwarz.

Ein Schauer lief ihr über den Rücken und sie erschrak, als der Unbekannte plötzlich zwei Stufen auf einmal nahm. Ihre Augen waren aufgerissen und Schweißperlen formierten sich auf ihrer Stirn.

Jetzt konnte sie seinen Oberkörper sehen.

Nur noch fünf Stunden.

Vier Stufen.

Drei.

Das Gesicht konnte sie nicht erkennen, aber die Statur verriet ihr, dass der Unbekannte ein Mann war.

Zwei Stufen.

Dieser Mann trug eine Maske.

Eine Stufe.

Als wäre der Mann ein Roboter drehte er langsam den Kopf in Richtung Rachel. Durch die Maske konnte sie seine Augen sehen. Sie waren eisblau und wirkten durch die schwarze Maske unfassbar erschreckend. Mehr konnte sie von seinem Gesicht nicht erkennen. Nur diese eisblauen, schrecklichen, Augen, die sie anstarrten.

Er verharrte einige Augenblicke auf der letzten Stufe, bevor er das Erdgeschoss erreichte. Und starrte sie einfach an.

Dann nahm er die letzte Stufe.

Rachel wurde schwindelig. Ihr Herz schlug so schnell, dass sie es nicht mehr kontrollieren konnte. Ihr Blutdruck schoss ins Unermessliche.

Das kann doch alles nicht real sein, dachte sie, als sie diesen komplett in Schwarz gekleideten Mann mit dieser nichtssagenden Maske in ihrem Flur stehen sah, der keine Anstalten machte, sich zu bewegen.

Und dann setzte er einen großen Schritt …

Kapitel Dreizehn

Letztes Jahr ...

„**W**enn ich es nicht besser wissen würde, würde ich annehmen, dass sich jemand an meinen Sachen bedient", sagte Rachel lachend ins Telefon.

„Wie kommst du darauf?", fragte Tony am anderen Ende.

„Immer verschwindet irgendwas und taucht an einer anderen Stelle wieder auf. Als würde ich ständig meine Sachen verlegen. Manchmal habe ich schon das Gefühl, ich werde verrückt. Es passiert mir einfach immer öfter."

„Also verschwinden die Sachen gar
nicht", stellte Tony trocken fest.

„Nein." Rachel rollte mit den Augen. „Sie
verschwinden nicht. Aber ich verlege sie
scheinbar ständig. Oder vergesse Bilder
wieder an ihren Platz zu stellen, nachdem
ich Staub gewischt habe. Keine Ahnung.
Ich scheine ein wenig durcheinander zu
sein. Vielleicht habe ich einfach zu viel im
Kopf."

„Ja, dass denke ich auch."

„Du könntest ruhig ein wenig mitfühlen-
der sein", lachte Rachel.

„Es ist bestimmt nur eine Phase – wie bei
einem kleinen Kind." Das verschmitzte
Grinsen konnte Rachel durchs Telefon hören.

„Ja, genau ... ", Rachel verstummte im
Satz, als sie den Kühlschrank öffnete.

„Alles okay?"

Rachel sagte nichts. Sie schaute einfach
nur in den Kühlschrank.

„Rachel?"

„Langsam finde ich das wirklich unheim-
lich, Tony." Ihre Stimme klang ernst, ohne

ein Fünkchen Witz.

„Was denn?", fragte Tony etwas verwirrt.

„Ich habe gestern einen Braten gemacht und natürlich nicht alles aufgegessen. Ich habe ihn in den Kühlschrank gestellt, für heute Mittag. Und er ist weg." Ein Hauch Hysterie klang in ihrer Stimme mit.

„So ein Braten kann doch nicht einfach verschwinden."

„Ist er aber. Er. Ist. Nicht. Da." Erst jetzt bemerkte Tony in ihrer Stimme eine absolute Ernsthaftigkeit.

„Bist du sicher, dass du ihn nicht doch im Ofen gelassen hast?"

„Warum sollte ich einen Braten im Ofen lassen?"

„Ich weiß es nicht, Rachel. Du erzählst mir, dass ein halber Braten plötzlich spurlos verschwunden ist. Was glaubst du, sollte ich deiner Meinung nach davon halten?"

„Du hast ja recht. Tut mir leid. Es ist nur so komisch. Einen Braten kann ich ja wohl kaum unbeabsichtigt verlegen."

Am Abend saß Rachel mit einer Tasse Tee auf ihrer Terrasse und schaute in die Ferne der Felder, die vor ihr lagen. Die untergehende Sonne und die Vögel, die ihre Kreise zogen, waren ein Bild für die Götter. Noch nie hatte sie sich so wohlgefühlt. Wären da nicht diese kuriosen Dinge passiert ...

Gerade als sie tief einatmete, um einen erleichternden Seufzer auszustoßen, blitzte es. Rachel schaute in den Himmel, aber es waren kaum Wolken zu sehen, was ein Gewitter beinahe – wenn auch nicht vollkommen – unmöglich machte. Ein paar Sekunden später blitzte es noch einmal. Ihr Blick war immer noch nach oben gerichtet.

Ein ungutes Gefühl machte sich in ihr breit.

Sie war davon überzeugt, dass das Blitzen aus ihrem Schlafzimmer kam. Als hätte jemand das Licht an und wieder aus gemacht.

Kapitel Vierzehn

Heute ...

Ein spitzer Schrei entfuhr Rachels Kehle, als der maskierte Mann plötzlich mit großen Schritten auf sie zukam. Lange würde er nicht brauchen, um bei ihr zu sein.

Reflexartig, ohne zu wissen, wohin sie sollte, rannte sie um die Kücheninsel, um zumindest etwas Festes zwischen sich und dem Mann zu haben. Kurz vor der Kücheninsel blieb er stehen. Mit seinen eisblauen Augen schaute er sie schweigend an. Langsam, wie in Zeitlupe, legte er den Kopf zur Seite, was den Mann für Rachel noch unheimlicher machte.

Ein paar Augenblicke vergingen, in denen sich keiner von beiden rührte. Dann schnellte der Arm des Mannes nach vorne. Rachel war sofort in Alarmbereitschaft, ihr Puls beschleunigte sich um ein Vielfaches. Schützend hielt sie das Messer nach vorne gestreckt. Doch die Bewegung des Mannes galt nicht ihr. So schnell, dass es einen Moment brauchte, bis Rachel registrierte, was passiert war, griff der Mann an den Messerblock und zog das erste hinaus, was er zu fassen bekam. Es war das Tranchiermesser.

Der Mann ließ das Messer vor seinem Gesicht kreisen. Dabei wiegte er den Kopf von links nach rechts und wieder zurück. Als würde er das Messer von allen erdenklichen Seiten betrachten wollen.

Das Adrenalin, dass durch Rachels Adern floss, war der einzige Grund, warum sie vor Angst nicht zusammenbrach.

Der Mann setzte sich plötzlich in Bewegung. Mit großen, sicheren Schritten umkreiste er die Kücheninsel. Eine Sekunde verging, bevor Rachel seine Bewegung wahrnahm. Wieder entfuhr ihr ein spitzer Schrei.

Sie rannte los, wusste nicht wohin. Sie rannte einfach. Der Mann folgte ihr.

So schnell sie konnte floh sie Richtung Treppe. Als sie die Hand auf das Treppengeländer legen wollte, durchfuhr sie ein schneidender Schmerz.

Der Mann hatte mit dem Messer ausgeholt und sie am Rücken getroffen. Ein großer, langer Schnitt tauchte die weiße Bluse in ein schimmerndes Rot. Rachel schrie auf. Für einen Moment sackte sie nach vorne zusammen, konnte sich aber schnell wieder fangen. Sie griff an das Geländer, zog sich hoch und setzte ihren Fuß auf die erste Stufe.

Der Schmerz an ihrem Rücken veränderte sich in ein brennen. Sie spürte, wie warmes Blut an ihm hinunterlief.

Als sie die nächste Stufe nahm, schoss abermals ein Schmerz durch ihren Körper. Diesmal kam er von weiter unten. Der Mann holte mit dem Messer aus und

schnitt ihr gekonnt durch die Achillessehne des linken Fußes.

Diesmal brach Rachel zusammen. Sie verlor den Halt und fiel nach vorne auf die
Treppe. Ein heulender Schrei hallte an den
Wänden des Hauses wider, während sich
eine kleine Lache aus Blut auf der Treppe
bildete.

Verängstigt und voller Panik schaute Rachel hinter sich. Der Mann stand nur da.
Als würde er darauf warten, dass sie den
nächsten Schritt machte, um erneut zu-
schlagen zu können.

Tränen liefen ihr die Wangen hinunter
und sie war unfähig etwas zu sagen. Nur
in ihrem Kopf hallte immer und immer
wieder die Frage nach dem *Warum?*

Doch sie wusste, sie würde darauf keine
Antwort erhalten. Es war kein Mann der
vor ihr Stand. Es war der Tod.

Kapitel Fünfzehn

Rachels Blick wanderte durch die Stufen auf das Messer, dass sie verloren hatte, als ihr der Schmerz durch den Körper zog. Jetzt war sie schutzlos. Mit nichts anderem als ihren eigenen Händen konnte sie sich vor diesem Monster verteidigen.

Unwillkürlich fragte sie sich, wann der Film vor ihren Augen ablaufen würde, von dem alle sprachen, kurz bevor sie das Leben verließen – oder glaubten es zu verlassen. Sollte sie aufgeben? Oder sollte sie kämpfen?

Nein. Sie konnte nicht einfach aufgeben. Sie musste durchhalten. Aber sie war allein. Und es würde noch mindestens eine Stunde dauern, bis Tony kam. Mindestens.

Konnte sie so lange durchhalten? Konnte sie so lange … nicht sterben?

Sie spannte ihre Muskeln an und drückte sich hoch. Ihr Fuß brannte wie Feuer. Sie stellte ihn auf. Langsam, als würde sie glauben, er würde es nicht bemerken. Doch er bemerkte es. Sein Blick sank ab und fixierte ihr Bein. Wieder legte er den Kopf zur Seite, wie ein Tier, dass sein Opfer beobachtete, bevor es es fressen wollte. Rachel drückte sich mit dem rechten Bein hoch. Eine Stufe hatte sie geschafft. Sie drückte weiter. Noch eine Stufe. Sie schaute die Treppe hinauf. Der Weg nach oben kam ihr unendlich lang vor.

Der Mann rührte sich nicht. Er blieb einfach nur stehen und beobachtete sie in ihrem inneren Kampf ums Überleben.

Eine weitere Stufe. Noch eine. Eine Stufe nach der anderen drückte sie sich hoch, während die Schmerzen in ihrem Rücke und ihrem Fuß pulsierten.

Als sie die Hälfte der Treppe geschafft hatte, blickte sie sich um. Ihre Augen trafen die seinen. Sie wollte sehen, was er dachte, doch die Maske verhinderte das. *Diese eisblauen Augen.*

Sie streckte die Arme aus, um an die nächste Treppenstufe greifen zu können und drückte sich mit dem rechten Fuß ab. Wieder hatte sie eine Stufe geschafft. Sie wiederholte den Prozess und gerade als sie sich abdrücken wollte, zog erneut Schmerz durch ihren Körper. Rachel schrie auf. Und schaute nach hinten.

Der Mann stand direkt hinter ihr. Sie hatte nicht bemerkt, wie er die Treppe hinauf kam. Er war leise wie eine Katze. Und schnitt ihr die zweite Achillessehne durch. Rachel wimmerte, als sie versuchte sich weiter nach oben zu ziehen. Sie hatte keine Wahl. Sie musste den Schmerz ertragen, wenn sie die Chance haben wollte zu überleben. Und obwohl es kaum möglich war, stellte sie die Füße an und drückte sich ab, während ihre Arme sie nach oben zogen. Gleißender Schmerz löste tiefe, raue Schreie aus. Das Schreien half ihr. Es war wie ein Ventil.

Dann hielt sie inne. Und überlegte kurz. Die Schmerzen hielten sie davon ab einen klaren Gedanken zu fassen. Sie zog weiter, stellte ihre Knie an und ersetzte so ihre Füße.

Wieso bist du nicht vorher auf die Idee gekommen, du dämliche Kuh?, dachte sie.

Wieder hielt sie inne. Sie wollte bewusst einen Moment warten, um den Mann davon zu überzeugen, dass sie es nicht schaffen würde. Aber sie würde es schaffen. *Jetzt* würde sie es schaffen. Innerlich zählte sie bis drei und dann nahm sie eine Stufe nach der anderen mit ihren Knien, bis sie oben angekommen war.

Als sie die erste Etage erreicht hatte und auf den Flur blicken konnte, schauten sie die offenen, toten Augen von Cat an.

Kapitel Sechzehn

Ein schwarzer Seidenschal um-
schlang Cat Hals.
Er war so stark zugezogen, dass
Rachel hoffte, das Genick ihrer Katze
brach, bevor sie ersticken konnte. Die
kleine, rötliche Zunge guckte ein Stück
aus dem Maul der Katze und in ihren Augen glaubte sie Angst zu sehen.
Der Anblick von Cat ließ die Verzweif-
lung in ihr verschwinden.
Wut und geballte Aggression manifestier-
ten sich in ihrem Körper und der Schmerz
schien vollkommen zu verschwinden.
Als hätte ihr der Mann nicht eben noch
den Rücken und die Füße zerschnitten,

drehte sie sich um und schaute dem Monster wütend in die Augen. Noch immer konnte sie in seinem Blick nichts anderes als dieses unnatürliche Eisblau erkennen.

„Du dreckiges Monster!", schrie Rachel los. „Du widerwärtiges Stück Scheiße!" Der Kopf des Mannes zuckte irritierend und Rachel glaubte in diesem Moment einen Funken Verwirrung in seinen Augen sehen zu können.

Diesen Moment nutzte Rachel. Allen Schmerzen zum Trotz hob sie ihr Becken, zog die Knie an und ließ ihre Beine nach vorne schnellen. Mit großer Wucht traf sie den Mann an der Brust. Ohne reagieren zu können, fiel er rücklings nach hinten und überschlug sich einmal, bevor auf dem Boden im Flur regungslos liegen blieb.

Rachel atmete tief durch. Ihre Atmung ging schnell. Jeder Atemzug brannte in der Lunge, so trocken wurde sie in den letzten Minuten.

Sie rechnete nicht damit, dass die Gefahr vorbei war, der Treppensturz verschaffte ihr aber zusätzliche Zeit.

Ihre Brust hob und senkte sich, während sie den bewusstlos wirkenden Mann am Treppenabsatz anschaute und nachdachte. Wenn sie doch nur ihr Handy finden könnte. Aber das trug der Mann vermutlich bei sich.

Ihre Augenbrauen schnellten nach oben, als ihre Augen bemerkten, dass der Mann sich bewegte. Er schien wieder zu sich zu kommen. Leise stöhnend stemmte er die Hände auf den Boden, rutschte auf die Knie und drückte sich ab. Den Kopf ließ er hängen, als könne er ihn nicht richtig bewegen. Und dann, plötzlich, ohne Vorwarnung, schnellte sein Kopf herum und seine Augen trafen sie wie ein Dolch, der ins Herz gerammt wurde.

In ihnen war Zorn zu erkennen und es dauerte nur ein paar weitere Sekunden, bis der Mann aufstand und die Treppe hinauf kam.

Rachels Wut, ihre Zuversicht, wurden abgelöst von Angst. Schnell drehte sie sich um und krabbelte auf den Knien in

Richtung ihres Schlafzimmers. Es dauerte nicht lange, da hatte der Mann sie erreicht. Seine Hand griff in ihren Nacken und als wäre sie nichts weiter als eine Puppe wirbelte er sie herum. Sein Griff löste sich kurz und als sie auf dem Rücken unter ihm lag, schnellte seine Hand nach vorne und fasste an ihren Hals. Er drückte so fest zu, dass eine Mischung aus Schmerz und Luftnot sich paarten. Rachel versuchte sich aus seinem Griff zu lösen, doch er war zu stark. Immer fester drückte er sie zu Boden, stemmte beinahe sein gesamtes Gewicht auf ihren Hals. Sie hatte das Gefühl zu spüren, wie ihr Zungenbein langsam nachgab. Sie schloss ihre Augen, als ihr klar wurde, dass sie sich nicht aus seinem Griff befreien konnte. Das Letzte, was sie sah, sollte nicht diese Maske sein, nicht diese eisblauen Augen, die ihr das Leben nahmen.

Als sie die Augen schloss, sah sie Cat.

Kapitel Siebzehn

Das Bild ihrer toten Katze brachte ihren Überlebenswillen zurück. Aufgeben war keine Option mehr. Sie musste Cat beerdigen, das hatte sie verdient. Allein deswegen *durfte* sie jetzt nicht sterben.

Ohne etwas sehen zu können rammte sie ihr rechtes Knie nach oben und hoffte, an der richtigen Stelle zu treffen. Doch das Knie schlug ins Leere.

In blinder Wut fing Rachel an, um sich zu schlagen. Ihre Arme und Beine wirbelten durch die Luft. Hin und wieder schienen sie den Mann zu treffen, doch das schien ihn nur wenig zu beeindrucken. Mit aller

Kraft, die sie aufbringen konnte – und obwohl sie kaum noch Luft bekam und sie einen immensen Druck in ihren Augen spürte – intensivierte sie ihre Schläge. Sie wand sich, sie schlug um sich und sie trat mit aller Macht. Schmerzen spielten keine Rolle mehr.

Irgendwann, es konnten nur Sekunden gewesen sein, traf sie eine Stelle, die den Mann dazu brachte seinen Griff zu lösen. Diesen Moment nutzte Rachel. Sie rollte sich zur Seite, setzte sich auf die Knie, fuhr mit einer Hand durch ihre Haare, damit sie etwas sehen konnte und suchte das Monster, dass ihre Katze auf dem Gewissen hatte.

Er stand vor ihr und richtete seine Maske. Sie glaubte ein Stöhnen zu hören – offenbar hatte sie ihn an einer schmerzhaften Stelle getroffen.

„Du tötest mich heute nicht!", brüllte Rachel und obwohl sie höllische Schmerzen dabei hatte, stellte sie sich auf und sprang den Mann an. Er wich überrascht einen Schritt zurück, aber Rachels Sprung war weit genug, um ihn zu treffen. Sie klammerte sich an ihm fest und zusammen fielen sie zu Boden.

Sofort begann Rachel damit auf ihn einzuschlagen. Mit geballten Fäusten schlug sie auf sein Gesicht ein. Nicht einmal, nicht zweimal. Sie schlug sich regelrecht in Rage, während die Griffe des Mannes an ihren Schultern immer lockerer wurden. Als sich die Griffe lösten, griff sie nach der Maske, die nur noch zur Hälfte sein Gesicht verdeckte. Rachel riss sie hinunter. Das Gesicht des Mannes war blutüberströmt. Seine Augen waren geschlossen. Sie erkannte ihn nicht.

Dann öffnete er die Augen wieder. Ihre Blicke trafen sich. Rachel stieß einen lauten Kampfschrei aus, packte seinen Kopf, hob ihn an und schlug ihn mit aller Kraft auf den Boden; solange, bis eine Blutlache den Boden bedeckte, die immer größer wurde. Erst als die Arme des Mannes schlaff zur Seite wegfielen, hörte sie auf. Hastig stieg sie von ihm hinunter und krabbelte zu Cat. Mit zittrigen Händen löste sie die Schlinge, mit der er sie getötet hatte und warf sie zur Seite. Sie drückte Cat fest an sich und ließ ihren Tränen freien Lauf.

Das Klingeln an der Tür nahm Rachel in diesem Moment nicht wahr.

Eine Woche Später ...

„Wir haben auf dem Dachboden einen Schlafsack und eine Matratze gefunden. Außerdem zahlreiche Bilder von Ihnen in allen möglichen Situationen. Der Mann muss Sie Monate, wenn nicht Jahre beobachtet haben. Wir können nicht sagen, wie lange er auf ihrem Dachboden gelebt hat. Dafür war er zu zurückhaltend. Aber nachdem, was sie erzählten, gehen wir von zwei Jahren aus."

Rachel hörte dem Detective kaum zu. Sie freute sich einfach darauf bald wieder in ihr Traumhaus zurückkehren zu können.

Ist Rachel wirklich sicher? …

Der Autor

Fabrice Rebers, geboren 1988, ist examinierter Altenpfleger und studiert in Hamburg Pflegemanagement und Biopsychologie.

Mit seiner Frau und seinen drei Kindern lebt in der Nähe von Bremen, wo er sich neben seinem Beruf vor allem dem Schreiben widmet.

Neben dem Genre des Thrillers schreibt Fabrice Rebers hauptsächlich im Genre des historischen Romans.

Weitere Bücher des Autors

Im Genre *Thriller*:

Perfektion (2023, Tredition-Verlag)

Überleben (2024, StoryOne-Verlag (Hardcover), Tredition-Verlag (Sorftcover und e-Book))

Im Genre *historische Romane*:

Elisabeths Erbe – Die Grafenwürde von Kendal (2023, StoryOne-Verlag (Hardcover), Tredition (eBook))

Der Earl of Kendal – Das Vermächtnis der Wallingtons (2023, Tredition-Verlag)

Eine kurze Geschichte der Tudors – Eine historische Familienkurzbiografie (2023, Trediton-Verlag)

Der Brief der Herzogin (2024, Tredition-Verlag)

Im Genre *Gesellschaft*:

Memoriam (2024, StoryOne-Verlag (Hardcover), Tredition-Verlag (Softcover und e-Book)

FSC
www.fsc.org
MIX
Papier | Fördert
gute Waldnutzung
FSC® C083411

Zeitfracht Medien GmbH
Ferdinand-Jühlke-Straße 7
99095 Erfurt, Deutschland
produktsicherheit@kolibri360.de